La cultura de las ballenas en Groenlandia

Vito de la Vera

La cultura de las ballenas en Groenlandia

Mis viajes

Arqueología contrafactual

El personal editorial: Vito de la Vera
Corrección: Vito de la Vera

Editor: BoD – Books on Demand, Hellerup, Dinamarca

Imprenta: BoD – Books on Demand, Norderstedt, Alemania

ISBN: 9788743044994

§ § §

La arqueología es una especialidad entre las ciencias. No necesariamente sabe lo que está buscando, y ciertamente no lo que encontrará. Todo lo que pensaba que sabía puede cambiar con un solo hallazgo que lo cambia todo.

Así es como vine aquí a Scoresbyland en el noreste de Groenlandia.

Se sabe mucho sobre las culturas inuit y thule, que se extendieron por el archipiélago ártico y Groenlandia hace 700 años, y sigue siendo el origen de la cultura inuit actual.

Pero antes de eso, había una cultura diferente aquí en el Ártico. Una cultura mucho más antigua a la que llamamos cultura Dorset. Nuestros museos tienen objetos de esta cultura que cuentan entre 1000 y 2000, pero dado que la cultura ya se desvaneció cuando la cultura Thule coincidió con la Pequeña Edad del Hielo, lo que tenemos al respecto es escaso.

Durante sus expediciones Thule con los inuit, el conocido Knud Rasmussen escuchó leyendas sobre el pasado "Tunit". Gigantes del pasado que desaparecieron con la llegada de los inuit. Sin embargo, Tunit ha dejado muchos rastros.

Vivían en casas, por lo que se pueden encontrar ruinas de asentamientos Tunits en el Ártico, que también fueron excavados por Therkel Mathiasen durante las expediciones de Thule.

Existe evidencia de que la cultura Dorset estaba en su fase final, mucho antes que la cultura Thule, y que no estaba tan bien adaptada a los climas más fríos como los inuit. Su tiempo fue antes de la Pequeña Edad del Hielo, cuando el Ártico era más hospitalario.

Y ahora que el cambio climático se está suavizando para el Ártico, más y más propiedades culturales de Tunit están volviendo a la luz.

Entre otras cosas, se encontraron muchos petroglifos que también conocemos de la antigüedad europea.

La cultura Dorset ha dejado a muchos atrás y son uno de los recuerdos más fervientes de ella.

También son los petroglifos los que me han traído aquí a Scoresbyland, donde yo, que escribo estas palabras, no estoy lejos de la estación de investigación de Zackenberg, donde se encontraron recientemente estos petroglifos especiales, a los que lamentablemente otros no han prestado mucha atención, pero creo que ¡son de suma importancia!

Por lo general, la más antigua de las civilizaciones de Dorset se remonta a 1000-800 a. C. BC, pero la cultura estaba muriendo durante mucho tiempo y no estaba tan bien adaptada al frío Ártico como la posterior cultura Thule. Por lo tanto, la pregunta apremiante de la cultura Dorset era si fue la lenta adaptación y muerte de una cultura ártica aún más antigua la que, sin embargo, se adaptó a un Ártico más cálido.

Hay mucha evidencia de que la cultura Dorset es el remanente de una cultura alrededor del Océano Ártico que alcanzó su punto máximo durante el máximo del Holoceno alrededor de 5000-2000 a. C. Tenía. Durante esta época cálida, el Océano Ártico habría estado libre de hielo y sería mucho más hospitalario, por lo que también podría promover una cultura diferente.

Encontré evidencia de eso y estoy aquí en Scoresbyland para estudiar los petroglifos. Evidencia de que por debajo del máximo del Holoceno hubo una cultura ártica que coincidió con nuestra Edad del Bronce y que poco a poco degeneró y huyó hacia el sur en las condiciones más frías hasta que la Pequeña Edad del Hielo acabó finalmente con los tristes remanentes de su cultura.

En general, mi viaje va bien. Scoresbyland tiene un verano ártico maravilloso y pude navegar en mi yate L'Aguila aquí con una escala en Scoresbysund, donde me abastecí.

No hubo ningún problema importante con la navegación, ya que el hielo marino del este de Groenlandia ya no es lo que era. Da casi una idea de cómo era el mar para la cultura del Holoceno en el Ártico.

El mar era rico y proporcionaba lo que se necesitaba. Como todas las culturas árticas, la cultura del Holoceno debe haber dependido del mar y de los animales que pastan en la tierra, incluso en condiciones más cálidas.

La pregunta entonces es hasta dónde ha llegado. ¿Quizás tenían alguna forma de acuicultura? Prospera en aguas árticas. Confío en las fotos de los petroglifos que me pueden mostrar algo.

En Scoresbyland, el buey almizclero pasta contento con la abundancia del verano ártico. Más abajo en los fiordos, las grandes aletas y lomos de las ballenas aparecen ocasionalmente cuando rompen la superficie del agua.

Siempre se debe tener esto en cuenta con el Ártico. La crueldad del invierno es reemplazada por la abundancia del verano, siempre que el sol esté para siempre en el cielo y la luz bañe el paisaje con sus rayos.

La flora ártica me rodea en plena floración y proporciona abundante alimento para bueyes almizcleros, renos, insectos y pájaros. La corta temporada de crecimiento solo hace que la explosión de vida sea más impresionante cuando todas las flores están floreciendo al mismo tiempo.

No necesariamente me ayuda a todos cuando hay muchos insectos en el aire. Los mosquitos son accesibles, pero tengo el clásico mosquitero de Groenlandia en la cabeza y la cara, así que no termino como un buffet.

En todas partes, las rocas sobresalen del paisaje, entre los ríos corren con agua de deshielo.

El verano ártico ofrece mucho buen tiempo. El clima a veces se pone malo, ¡pero también es realmente malo!

Finalmente veo las rocas que estoy buscando. Es una gran pared rocosa de suave pendiente en el paisaje. Tiene un área enorme y de fácil acceso para tallar, como acaban de hacer los lejanos tunits.

Lleno de anticipación, rápidamente corro hacia mi objetivo. ¡Eso es lo que estaba esperando!

¡Es tan! La roca está llena de petroglifos, ¡toda la superficie tiene incisiones! ¡Casi no puedo creerlo!

Dejo mi mochila e inmediatamente empiezo a desempacar. Pintura, pincel, carboncillo, papel de calco y cámara.

¡Primero el color! Cojo un pincel y abro una lata de pintura. Los petroglifos solo se vuelven claros y completamente visibles cuando están pintados, de lo contrario son solo rasguños en la roca, aunque los artistas aquí eligieron rocas en su tiempo cuya superficie tiene un color diferente al interior debido al viento y al clima. Así que han sido completamente visibles desde que se hicieron. Pero eso fue hace mucho tiempo. El viento y el clima hace tiempo que lo solidificaron.

¡Lo compensaré pronto! Incluso utilizo pintura que brilla en la oscuridad. Ahora no tiene mucho sentido en verano, pero cuando regrese cuando haya llegado el momento de la oscuridad, los petroglifos brillarán. Yo mismo pienso en una idea bastante buena.

He tenido un buen comienzo en la pintura. Y algunas formas también tienen sentido. Estoy seguro de que esos cuernos redondos son los del buey almizclero que pasta cerca. Y colas de ballena como las reproducimos nosotros mismos.

Es una abundancia de personajes. Algunos son más estilizados que otros. Casi podría ser una escritura pictórica.

Sin embargo, para mí, las imágenes reales son las más útiles. La ballena claramente tiene un impacto importante en la cultura del Holoceno como base de recursos. Una sola ballena ha acumulado enormes recursos en forma de alimento, grasa y aceite para calentar y cocinar. También cueros y huesos para herramientas.

La ballena fue sin duda de gran importancia en todas las imágenes que encuentro. Y los persiguieron hasta los barcos extraños. Uno tiene una bala en el bote. Me pregunto que indica.

Sin embargo, la ballena no está sola. También hay bancos de peces y algas y, por supuesto, también destaca la foca. Muchas de las imágenes son fáciles de descifrar. Una imagen habla a través del tiempo y la cultura.

De los animales terrestres, tanto el buey almizclero como el reno están allí, al igual que Nanoq, el poderoso oso polar que, como en la cultura inuit actual, ha infundido asombro.

Pinto muchos petroglifos, pero todavía solo forma una pequeña parte de la gran roca.

Ha habido trabajo aquí durante mucho tiempo, pero me siento reivindicado de que realmente hubo una cultura pasada alrededor del Océano Ártico por debajo del máximo del Holoceno y que este puede muy bien ser el origen lejano de la cultura Dorset.

Hay muchas marcas en los barcos para que estén orientados al mar. Los botes estaban hechos de huesos y pieles. En general, hay muchos indicios de que trabajaron mucho con productos animales para sus hogares, vasijas y herramientas. De modo que encuentro una talla que se asemeja a una sala hecha con costillas de ballena. Debe haber sido una especie de casa comunitaria.

Eso puede explicar por qué se encontró tan poco después de ellos. Aunque la mayor parte se hizo a partir de productos animales, hace tiempo que desapareció. Solo los huesos podrán permanecer de alguna manera y muchos de ellos probablemente terminaron en el mar.

Pero lo que está grabado en piedra es mucho más duradero, porque todos estos petroglifos son una clara señal de ello.

En algunos lugares también debe haber cimientos de chozas de turba que se encontraron después de la cultura Dorset, pero hay que encontrarlas y no hay lugareños que las hayan pasado, como lo encontró Knud Rasmussen en la quinta expedición de Thule Has. Sin embargo, no veo chozas de turba en los petroglifos que pinté. ¿Quizás las chozas de turba fueron un desarrollo para un clima más frío?

Es difícil pintar un día completo, a pesar de que hay luz durante todo el día, todavía necesitas dormir, sin mencionar comer algo. Es una suerte que el acantilado esté tan cerca del fiordo que puedo volver a bordo de L'Aguila cuando estoy cansado. Sería peligroso dormir solo en la naturaleza cuando un oso polar viene de visita.

Estoy empacando y solo quiero tomar una foto de mi progreso, pero la cámara no funciona. ¡Eso es típico! ¡Mejor cómo usarlo! Bueno, afortunadamente tengo mucho papel de calco, pero es servil.

Regreso al fiordo donde está fondeado L'Aguila. Llevé mi pequeño bote de remos a tierra. Lo cojo en el lago, enciendo el motorito y me bajo en L'Aguila. Ella es mi segundo hogar. Siempre es bueno estar a bordo. Puedo dejar algo de comida y tener algo de tiempo para escribir estas páginas sobre el trabajo del día. Me alivia ver tanta evidencia de que el Ártico estaba poblado mucho antes de que la historiografía pensara normalmente. Muchos historiadores se resisten a aceptar que existen culturas más antiguas fuera de lo común. Has olvidado que la historia también se trata de descubrir cosas nuevas, incluso cuando se trata del pasado. Muchos dudan inmediatamente en reconocer la prehistoria más profunda de Groenlandia.

La arqueología debería poder intervenir aquí si los historiadores solo quieren mirar fuentes escritas, pero demasiados arqueólogos solo quieren preservar objetos conocidos o tumbas donde otros ya han cavado y hay hoteles cómodos cerca. Realmente salir y encontrar cosas nuevas y arriesgarse a pisar algunos dedos de los pies que podrían darles ascensos no es un gran deseo. Ni siquiera pude encontrar uno para acompañarme en mi viaje aquí. ¡Se sintió ridículo!

Afortunadamente, tengo los medios para autofinanciarme, ya que no muchos han querido apoyarme en mis esfuerzos.

Es triste que sea así, pero no debe obstaculizar el trabajo. Cuando haya dormido, seguiré trabajando.

Estoy de vuelta en el acantilado. El sol está en el norte, por lo que es de noche en el sentido más estricto de la palabra, pero eso no importa aquí arriba. Duermes cuando estás cansado.

¡Adelante con el cepillo de nuevo! Basta con pintar el pasado. Hay tantos petroglifos en esta roca. Es probable que sea casi una biblioteca dejada atrás por esta cultura distante y olvidada. Encuentro algunos de los extraños barcos con elipses en la parte superior.

Parecen ahuyentar ballenas y otros animales. Curiosamente, hay una imagen en la que también están cazando bueyes almizcleros. Se sabe que un artista se toma libertades, pero el arpón era sin duda un arma popular.

También hay imágenes que sin duda son Qulliq o Schmalzlampen. Es natural en un mundo sin madera. Las lámparas de manteca también se muestran con otras construcciones con las que debieron haber sido utilizadas. El tocino y la manteca de cerdo tienen un poder calorífico mucho más alto que la madera, por lo que en un mundo en el que es de fácil acceso, también tenía mucha energía disponible.

En cualquier caso, parece que aprovecharon el calor de las lámparas de cera.

La imagen que surge para mí es sin duda una cultura más avanzada que prosperó en el clima ártico más cálido por debajo del máximo del Holoceno. El frío que siguió ciertamente hizo retroceder mucho a esta cultura hasta que se convirtió en la cultura de Dorset tal como la conocemos. El pueblo tunit fue así empujado hacia el sur y sobrevivió allí en condiciones mucho más duras que sus antepasados, que tenían el excedente para tallar tanto de sí mismos en este acantilado.

Me parece que parte de lo que estoy pintando aquí también es una guía sobre cómo hacer diferentes objetos. Incluso puede haber sido utilizado para la enseñanza. En cualquier caso, se describe en detalle cómo se construyó una sala de ballenas a partir de las costillas cubiertas de piel de la ballena y con pieles de peritoneo como ventanas. Ha habido ciudades de hueso enteras donde vivían los tunits distantes, y estos pasillos podrían desmantelarse para que las ciudades pudieran ver las capturas en los barcos. Todos los transportes se realizaron por mar. No había perros de transporte como conocemos hoy el Ártico.

Pinto lo que más se parece a un dibujo de una ciudad de Tunit. Estos son los salones en forma de estrella hechos de costillas de ballena, que se extienden desde una plaza central. Cerca veo algunos de los barcos con la extraña elipse sobre ellos y, sobre todo, hay un fuego ardiendo a bordo de los barcos. Es muy extraño que tengan a bordo lámparas de manteca de cerdo con peligro de incendio. Aún así, los símbolos encajan. Y nuevamente tallas que muestran la caza del buey almizclero desde los botes.

Podría ser emocionante explorar el área y ver si hay otros signos de tunita del Holoceno además de estos petroglifos. Deben haber regresado aquí a menudo para tallar más imágenes en la roca y contar su historia para la posteridad.

Te hace pensar en lo poco que puede hacer una cultura que parezca que nunca han estado aquí. Si hubiera pasado suficiente tiempo, estas tallas también se habrían quitado de la roca y no habría quedado nada.

Me abruma una curiosidad que me lleva a dejar el cepillo y dar un paseo por la hermosa naturaleza que me rodea. Se siente completamente al margen de los humanos, lo que ha sido durante varios cientos de años hasta la llegada de los cazadores de pieles noruegos, lo que llevó al establecimiento de Scoresbysund por parte del gobierno danés para mantener las reclamaciones sobre el noreste de Groenlandia. Un requisito que todavía necesita mantenimiento durante las patrullas con la Patrulla Sirius, incluso en invierno cuando otros países están moviendo sus patrullas hacia el sur.

Me quedo un poco levantado en cuanto al mar. Como descubrió Therkel Mathiasen durante la expedición de Knud Rasmussen, los asentamientos tunite estaban muy por encima del agua cuando el nivel del agua descendió posteriormente y la tierra se elevó. No hace falta decir que la tierra ha aumentado considerablemente desde el máximo del Holoceno y, al mismo tiempo, el nivel del agua fue más alto durante este período cálido.

Esto también se puede ver en la ciudad de Ur de la Edad del Bronce en Mesopotamia, que ahora se encuentra en el interior, pero que en ese momento era una ciudad portuaria. Por lo tanto, tengo que encontrar rastros de asentamientos más arriba en tierra.

Sigo el paisaje a lo largo de un acantilado que quizás era la costa en ese entonces. Espero encontrar algo tan cercano a la roca.

Por supuesto, es una pérdida de tiempo detener mi trabajo con los petroglifos para buscar algo que no sé si encontraré, pero siento que los petroglifos me dieron una idea de lo que estoy buscando. . Si hay huesos marinos aquí, debe haberlos traído alguien en un momento en que el mar estaba más cerca, así que tengo que vigilarlos. Es de esperar que haya algunos lugares donde no haya crecido una capa de turba sobre los hallazgos arqueológicos.

Encuentro un lugar alto desde el que puedo ver los alrededores. Allí veo la roca con mis fotos de petroglifos. Todavía queda mucho trabajo de pintura por hacer. Abajo, en el fiordo, veo L'Aguila tendido en las tranquilas aguas y pastando con renos y almizcle en la llanura.

Miro hacia atrás a la roca con los petroglifos. ¿Dónde tendría sentido un asentamiento en relación con el acantilado? Dejé que mi mirada vagara por el paisaje y la elevación que era la costa en el pasado distante.

Hay un bache en el paisaje que se eleva levemente a una distancia adecuada de la orilla. Podría ser una buena opción. Decido intentarlo, ir allí. También hay algo en la turba. Estas podrían ser las sobras que estoy buscando.

Es una caminata rápida desde el mirador hasta la elevación, que está a una distancia razonable de la roca petroglifada.

Llego a la colina y poco después me paro y contemplo con alegría que realmente hay restos de huesos aquí. La capa de turba es fina, por lo que la capa no podría cubrir los restos de huesos.

Agarro un hueso y lo saco de la turba. ¡Realmente es una costilla de ballena aquí junto al mar! ¡Solo se puede traer aquí! Rápidamente queda claro que hay varios huesos de ballena en el sitio. Por supuesto, milenios de viento, clima y animales no han dejado mucho de un sistema atrás, pero todavía hay huesos aquí que sugieren que hubo un asentamiento más grande en este lugar.

Me siento y miro los salones de ballenas en forma de estrella que deben haber estado aquí en el pasado distante, y lo poco que queda de esta gente. Si no fuera por los petroglifos, no habría pensado mucho en los huesos que estaban esparcidos aquí en el ascenso, o habría ido al mirador solo para buscar huesos blancos en la turba.

Ahora, además de la roca con petroglifos, también tengo un sitio de excavación. Por supuesto, algunas costillas y huesos de ballena no prueban mucho, pero se podría encontrar algo más descriptivo.

Miro un poco la costilla de la ballena y noto que se han hecho muescas en ella. Sin duda fue para estirar la piel sobre él. Entonces es una pequeña evidencia de la alineación de la herramienta.

Camino un poco alrededor de la colina y también encuentro pequeños huesos, pero esta gente distante siempre ha sido buena para no dejar mucho atrás. Debes haber usado casi todo, por lo que no queda mucho. Los mejores hallazgos a menudo provienen del montón de basura de la cocina, como lo conocemos de Ertebølle. Pero cuando todas las presas se agotan y se agotan por completo, resulta difícil encontrar restos.

Al menos encontré el lugar. Me llevo la costilla y las demás cositas. Me centraré en los petroglifos de la roca y volveré a eso cuando lo haya pintado todo. ¡Si tan solo la estúpida cámara funcionara!

Primero conduzco hasta el fiordo y dejo mis hallazgos en la lancha de desembarco. Todavía tengo tiempo para subir un poco el acantilado, así que me apresuro hacia allí.

Desde el acantilado puedo ver dónde estaba el asentamiento en ascenso. Es solo una distancia corta. Se podía ver el acantilado desde el asentamiento una vez que estuvo habitado.

Me pregunto si no hay más rocas como esta en otros asentamientos que debieron haber tenido cuando siguieron a la presa.

Y debió haber otras tribus que tuvieran las suyas. ¿Cómo se difunde esta cultura? ¿Rodeó todo el Océano Ártico? ¿Dónde se originó y dónde se extendió? Las preguntas surgen y se alinean, pero tengo que encontrar las respuestas una por una.

Pinto varios petroglifos de lámparas de manteca. Está muy claro que fue fundamental para la cultura. Algo podría sugerir que fue antes de la cultura Saqqaq en el oeste de Groenlandia. Quizás incluso se extendió de la cultura del Holoceno a la cultura Saqqaq y más allá de la cultura Dorset. Por lo tanto, puede haber una conexión entre la cultura del Holoceno y la cultura Independencia I y la cultura Saqqaq, que más tarde pasó a la cultura Independencia II y la cultura Dorset. Por lo tanto, si estas culturas descendieron de la cultura del Holoceno, vinieron del norte después del máximo del Holoceno.

Por lo general, las lámparas de manteca de cerdo existen desde hace unos 4.000 años, pero podría sugerir que se originaron en el norte, a partir de la cultura del Holoceno que se llevó al sur.

Sin embargo, los petroglifos parecen sugerir que la lámpara de manteca de cerdo estaba hecha de huesos como todo lo demás en la cultura del Holoceno. No era una cultura de piedra distinta. Sus lámparas de manteca parecen estar hechas de petroglifos de huesos ahuecados, lo que también permitió dirigir el calor y el fuego en ciertas direcciones.

Quizás las lámparas de manteca de esteatita, como se conoce de la cultura Saqqaq, se inspiraron en las lámparas de grasa ósea más antiguas que vinieron del norte. Es posible que la esteatita haya reemplazado los huesos debido a una caza de ballenas más pobre, lo cual fue importante para que la cultura del Holoceno obtuviera huesos lo suficientemente grandes para sus lámparas de manteca de cerdo.

La falta de huesos de ballena también ha dificultado la elaboración de los tipos de barcos que encuentro en los petroglifos. Esta deficiencia puede explicar el declive de la cultura material que proviene de lo que encuentro aquí y luego de las culturas de la Independencia y la cultura Saqqaq, donde luego ha habido un ajuste con la cultura de Dorset.

El final del máximo del Holoceno simplemente empujó a la cultura hacia el sur y la alejó del Océano Ártico, perdiendo la capacidad de atrapar suficientes ballenas para mantener una cultura basada en las ballenas como recurso.

La cultura ballenera ha sido así destruida por el avance del hielo, lo que ha incrementado la dependencia de los animales terrestres, como puede verse en las culturas independentistas, que se basaban en la caza terrestre. Por debajo del máximo del Holoceno, las ballenas se pueden cazar durante todo el año.

La gran pregunta es cómo la cultura de las ballenas se trasladó al sur y se convirtió en la cultura Dorset a través de la cultura de la Independencia y la cultura Saqqaq.

Debe haber sido un cambio abrupto en el clima que redujo la orientación oceánica de la cultura de las ballenas a la cultura más terrestre de Independence I. Pero si el acceso a los recursos se vio interrumpido por un clima más frío, entonces la cultura también se extinguió con relativa rapidez y no quedan muchas sobras porque se basaba en productos animales en lugar de piedras.

Toda la parte de la roca que ahora he pintado parece girar alrededor de lámparas de manteca donde la variación era muy grande. Quizás se diga lo mismo de las lámparas de manteca. No se parecen mucho a las lámparas que conocemos de culturas posteriores, pero están basadas en Schmalz, eso está claro. Es el único combustible que proporciona el Ártico en abundancia.

En el cultivo de ballenas había muchas lámparas de manteca de cerdo hechas de huesos huecos y costillas de ballena, donde el fuego y el calor podían concentrarse en un rayo que atravesaba el hueso.

Así que parece que ha sido muy hábil para enfocar el fuego y el calor en una dirección. Por lo tanto, deben haber tenido un gran control sobre dónde y para qué querían usar el calor de la manteca.

Pinto un petroglifo que muestra una de las alargadas lámparas de manteca que inflan una piel. ¡Podrías hacer globos para la piel o la piel intestinal! ¡Es increíble!

Al concentrar el calor de las lámparas de manteca, fácilmente podrían hacer globos de aire caliente. Es un logro increíble que se remonta a la Edad de Piedra y Bronce para poder hacer globos aerostáticos.

Tengo que sentarme y dejar que se hunda. ¡Esta cultura aquí en el extremo norte logró construir globos aerostáticos!

Después de pensarlo un poco, en realidad tiene sentido. Con su amplio acceso a la manteca, tenían acceso al combustible más concentrado de la época. Y cualquier otra cosa que necesitaran, la obtuvieron directamente de su presa, y mientras la captura fuera buena, tenían mucho tiempo para desarrollar las cosas. No tenían campos que les tomaran todo su tiempo y esfuerzo.

Pero luego también hay que decir que los extraños barcos con las elipses arriba eran globos aerostáticos con góndolas abajo. ¡Explotaste! También explica que también fueron representados cazando animales terrestres. Puedes cazar desde el aire tanto en tierra como en el mar.

Y cuando podían hacer un chorro concentrado con sus lámparas de manteca, también podían hacer propulsión en sus aeronaves.

Estoy totalmente sorprendido. Eso es más de lo que esperaba cuando vine aquí a estudiar los petroglifos. Recuerda encontrar una cultura tan avanzada que existió aquí hace tanto tiempo, lejos de las culturas conocidas.

De repente me doy cuenta de que una vez que la cultura de las ballenas ha logrado navegar por el cielo ártico en busca de ballenas, el mar ya no es una barrera importante para ellas. En el aire, pudieron llegar a todas las costas alrededor del Océano Ártico en busca de los grandes mamíferos marinos. Solo estaban limitados por la distribución de sus capturas primarias.

Es difícil creer que tal cultura podría haber existido aquí si tan solo las condiciones climáticas fueran más favorables.

También me sorprende que una vez que la cultura de las ballenas ha podido viajar tanto por agua como por tierra, ya no tiene que haber venido del sur a través del archipiélago ártico. ¡Puede haberse extendido a lo largo de las orillas del Océano Ártico, o incluso a través del Océano Ártico! ¿De dónde provienen originalmente?

Esta pregunta se me queda dentro mientras vuelvo a bordo de L'Aguila. Tengo una idea de lo que pasó con la cultura de las ballenas después del máximo del Holoceno. Se descompusieron con el clima más frío y se convirtieron en el pueblo Tunit y la cultura Dorset a través de las culturas de la Independencia y la cultura Saqqaq. Pero de donde vinieron? Surgieron y se esparcieron por el Océano Ártico con sus aeronaves, pero ¿dónde se colocó la piedra para esta cultura? No puedo inferir eso de los petroglifos aquí en el fin del mundo, pero puedo especular. Su cultura era tan dependiente de las ballenas para su tecnología que debió haber evolucionado donde había un buen acceso a este gran mamífero marino. Y con un buen acceso, quiero decir que deberían haber sido fáciles de atrapar. Desde allí deben haberse extendido al Océano Ártico.

Entiendo que cuando termine de investigar y documentar la roca aquí, tendré que buscar informes de rocas similares y hallazgos de grandes cantidades de huesos de ballena cortados. Esto debería llevarme al rastro de las áreas donde se estableció la cultura de las ballenas.

Me siento en la cubierta y miro el banco que se extiende a mi alrededor. Solo aquí, en las ricas aguas árticas, podría desarrollarse una cultura tan avanzada sobre la base de la caza en lugar de la agricultura. Es una forma muy diferente de establecer tal cultura a un alto nivel técnico de lo que normalmente conocemos.

Tal cultura también debe haberse desarrollado y difundido durante un largo período de tiempo hasta que llenó las áreas en las que esta tecnología era utilizable. La cultura de las ballenas no podría extenderse naturalmente desde los ricos mares del norte, cada uno de los cuales tenía un acceso adecuado a los mamíferos marinos, ya que entonces ya no podrían encontrar los recursos en los que se basaba su cultura. Y cuando llegó el frío después del máximo del Holoceno, también lo fue su caída. El fácil acceso a sus materias primas ha desaparecido y ha sacado la alfombra de debajo de su cultura.

Deben haberse originado en un lugar donde las nuevas condiciones más cálidas en el Océano Ártico se han vuelto accesibles y, al mismo tiempo, existía una población que podría extenderse allí y estaba acostumbrada al Ártico o mares más fríos.

Al menos esto me ha dado el objetivo de reanudar mi trabajo cuando regrese de aquí. Rocas similares deben haber sido descritas en otra parte.

En el fiordo veo una cadena de ballenas que se eleva sobre la superficie del agua. Aquí en verano abundan aquí. Pero para el invierno, el hielo cerrará el área a lo largo de la costa este. Son las condiciones invernales las que fueron demasiado para el cultivo de ballenas.

Por debajo del máximo del Holoceno, el mar todavía era accesible en invierno para permitir el acceso a la vital manteca de cerdo. Sin ellos no habría cultura de ballenas. Es perturbador pensar en lo dependiente que puede ser una cultura de un solo producto y, cuando desaparece, la cultura es la misma.

Después de otra fase de sueño ligero, vuelvo a mi acantilado, que poco a poco se está volviendo colorido. Me alegro de haber traído mucho color conmigo. Y en muchos colores, por lo que ahora la roca ha pintado diferentes petroglifos en distintos colores. Los petroglifos uniformes codificados por colores me facilitan encontrarlos cuando quiero volver para compararlos con otros que encuentre más adelante. Entonces puedo coger un encalado y ponerlo al lado para ver el grado de uniformidad. También veo el desarrollo en la presentación de conceptos individuales.

Hay avances claros en la estilización que conducen a una fuente pictórica que aún es reconocible. Esto es una suerte para mi. Me da la oportunidad de leer las imágenes.

Hay un claro indicio de una evolución en las tallas a lo largo del tiempo, mostrando que algunas ideas como el buey almizclero, el fuego, la ballena, la foca, el oso polar, etc., que están muy extendidas, están evolucionando hacia una talla fácil y rápida que son bien conocidas.

Aquí también puedo ver claramente que no comencé de cero en el acantilado, sino en algún lugar en el medio del desarrollo, donde algunos personajes eran incomprensibles hasta que encontré una representación más antigua y pictórica.

Ahora he alcanzado aproximadamente dos tercios de los grabados rupestres en la roca. Es un gran trabajo y no pude entender todo lo que pinté, pero pude ver muy bien la cultura del Holoceno, que ahora llamo cultura de las ballenas.

Muchas de las imágenes son instrucciones sobre la cultura material, pero también hay muchas que deben relacionarse con creencias religiosas y algunas que espero que muestren la historia de cómo llegó la gente de las ballenas aquí. Hay algo allí que me hace sentir como si hubieran llegado a este punto en sus aeronaves sobre el agua en lugar de desde el oeste por tierra.

¿Es concebible que volaran sobre el mar y llegaran desde Svalbard? Hasta donde yo sé, no se han encontrado hallazgos arqueológicos en Svalbard, pero eso no dice mucho, ya que la cultura de las ballenas ha dejado muy poca evidencia de su existencia. Quizás vinieron del archipiélago y la costa al norte de Siberia y vinieron aquí a través de Svalbard.

La negativa de los rusos a permitir que los extranjeros vengan a su costa ártica, y la exploración limitada de ellos, podría significar fácilmente que todavía hay capas culturales por descubrir en el norte de Siberia y a lo largo del Océano Ártico.

Entonces podría ser que la cultura de las ballenas se extendió a lo largo de la costa de Siberia y en las islas árticas hasta el noreste de Groenlandia y tal vez tropezó con sí misma nuevamente en algún momento cuando se extendió al archipiélago ártico y Canadá. Con acceso a aeronaves no es un desarrollo impensable y la cultura se ha extendido a lo largo de las costas y mares donde la caza importante de ballenas ha sido buena y abundante.

Rusia no será fácil con más investigaciones, pero tal vez haya descripciones de hallazgos a lo largo de la costa de Siberia y yo tenga acceso a Svalbard si hay descripciones de algo y debería estar en noruego.

Si el cultivo de ballenas se ha extendido tanto al este como al oeste a lo largo del Océano Ártico, también se deben encontrar descripciones. Hay muchas oportunidades y mucho trabajo para encontrar las descripciones de otras personas que están por delante de mí, pero hasta ahora la piedra me ha dado sangre en los dientes.

Hay varios petroglifos que indican que la cultura de las ballenas se originó en el este. Las imágenes la muestran con el sol naciente de fondo y el sol poniente en primer plano. Aquellos que se han asentado aquí en Scorebyland han venido aquí desde el este, donde también muestran que tropezaron con un gran mar con sus aeronaves en busca de las ballenas cuya migración las trajo hasta aquí. Se puede ver claramente que donde fueron las ballenas, siguió la cultura de las ballenas. Por lo tanto, la cultura de las ballenas fue moldeada por las migraciones de las ballenas en el Océano Ártico.

Al igual que la cultura Thule y los inuit de hoy, que veneraban a la gran madre del mar, la cultura de las ballenas también tenía una reverencia por el mar, de donde provenían las ballenas importantes y, en algunos casos, las focas y morsas.

Encuentro varios petroglifos de una persona representada con las manos extendidas bajo el mar, de donde brotan ballenas, focas y peces hasta las personas que esperan en sus aeronaves sobre el agua.

Por encima de ellos, el sol mantiene alejadas las nubes y el viento, por lo que no hay nubes ni viento. Por supuesto, estas eran condiciones importantes para el cultivo de ballenas, ya que los fuertes vientos podían desviarlas de su curso y hacer que el aterrizaje fuera casi imposible.

Incluso hoy, la gran mayoría de los días aquí arriba son claros y tranquilos, solo interrumpidos por algunas tormentas y lluvias violentas. Es fácil imaginar que hubo días aún más claros y tranquilos en un clima más suave durante el máximo del Holoceno, pero las tormentas fueron aún más terribles para el cultivo de ballenas. Eran pocos, pero cuando llegaron, los dirigibles corrían un gran peligro si estaban en el aire o en el camino hacia arriba o hacia abajo. Por lo tanto, el tiempo soleado alto y despejado fue de suma importancia.

Muchos de los petroglifos aquí entre los motivos religiosos también indican que el mal estaba representado por tormentas y vientos. Lo peor que la cultura puede imaginar. Apenas había viento antes de que se volviera muy difícil para las aeronaves aterrizar sin daños.

El muy buen clima en el Ártico y pocas pero fuertes tormentas fueron ciertamente una ventaja, pero también limitaron las oportunidades para que el cultivo de ballenas se expandiera hacia el sur. No fue fácil para sus aeronaves cuando aterrizaron en los cinturones de viento predominantes que conocemos del Atlántico Norte. Por lo tanto, el clima también ha establecido límites a la capacidad de propagación de la cultura de las ballenas.

Surge una imagen clara de una cultura con una idea del mar gratificante y el buen sol, que forma el marco de un mundo ordenado y tranquilo, perturbado por espíritus blasfemos y montañas intransitables del interior. Es probable que la cultura de las ballenas se haya mantenido en las llanuras costeras, como aquí en Scoresbyland, donde podían cazar renos y almizcle sin ir demasiado hacia el interior, donde pueden ocurrir ráfagas de viento repentinas entre las montañas.

Como muchas otras culturas antiguas, la cultura de las ballenas tiene una clara distinción entre orden y caos. Así como el clima tranquilo era orden y caos de tormentas y como Knud Rasmussen descubrió con los inuit de la cultura Thule, probablemente también fue importante en la cultura de las ballenas mantener los tabúes para que no surgieran desórdenes y todas las lesiones y enfermedades resultantes.

Por supuesto, esto no lo puedo inferir definitivamente de los petroglifos, pero está muy cerca de llegar a esta conclusión ya que coincide con otras sociedades que han estado expuestas a los caprichos del clima. También hay tallas que muestran cómo la gente se arrodilla ante algo que tienen que ser los espíritus de la montaña y del mar para que todos se queden satisfechos y no discutan para que se levanten los vientos.

Llegué lo más lejos que pude ese día, así que volveré y navegaré hasta L'Aguila para tomar un merecido descanso. Decido volver a donde estaba el asentamiento. Puede que encuentre algo más allí cuando haya descansado.

Pero primero me siento y escribo esto y pienso dónde puedo buscar informes de hallazgos que puedan relacionarse con la cultura de las ballenas y mi presentación posterior de la misma.

Oslo puede serlo si hay Longyearbyen en Svalbard. Decido conectarme a Internet usando mi conexión Iridium. Las conexiones por satélite son caras, pero creo que vale la pena echar un vistazo rápido para ver si debería haber algún informe de los archivos de Oslo.

Tomó algo de tiempo, pero resultó que había una nota de una de las expediciones de Fram sobre un acantilado con extraños cortes que habían visitado en base a un informe de un ballenero anclado. Anoto rápidamente la posición. Tiene que ser un lugar para visitar más tarde. Ahora tengo algo con que continuar.

Apago la computadora y me voy a dormir.

Inmediatamente después del desayuno, bajo a tierra y conduzco directamente a la cima de la colina donde encontré la costilla de ballena. Estoy convencido de que era el lugar adecuado para un asentamiento. Así que de inmediato me dispuse a explorar el lugar. La capa de turba en Groenlandia se forma muy lentamente, por lo que la montaña no está muy por debajo de la hierba.

La cultura de las ballenas no dejó mucho para la posteridad. En este sentido, no se trataba de una cultura del uso y el descarte. Sin embargo, para mi gran alegría, encuentro un trozo de hueso que debe haber sido una aguja de coser. Es posible que se haya perdido en algún momento y, por lo tanto, no se lo lleve. Sin embargo, no queda mucho aquí. Así que decido intentar excavar un poco, sacar mi pala de campo y empezar a raspar la capa de turba.

La roca está justo debajo, así que no tengo mucho trabajo de excavación.

De repente se me ocurre que debería intentar desenterrar la turba donde encontré la costilla de ballena.

Voy allí y comienzo a raspar la turba alrededor de la marca de la costilla. Luego me encuentro con una depresión en la roca del ancho de la nervadura.

Por un momento me pregunto qué significa, pero luego se me ocurre. Si se trataba de una residencia permanente, ¡entonces hicieron hendiduras para hacer que sus salas de ballenas fueran sólidas! ¡Tiene que ser!

Puedo cavar la depresión completamente gratis. Es una depresión fina y regular. Lleva la marca de procesamiento. Probablemente quemaron manteca de cerdo para calentar la roca de modo que explotara, después de lo cual trabajaron piedras sueltas y luego las volvieron a quemar hasta tener el hueco deseado para plantar sus naves de ballenas.

Empiezo por la depresión que encontré y excavo en las direcciones que tengan más sentido para una sala rectangular que, junto con otras salas, está dispuesta en forma de estrella desde el centro.

Para mi gran alegría, pronto estaré desenterrando más depresión. Se colocan en una fila con aproximadamente un metro a un metro y medio entre ellos y dos metros adentro. ¡Es muy similar a cómo lo vi en los petroglifos!

En un sentido material, no dejaron mucho atrás, ¡pero sus tallas en la roca muestran su existencia!

Pronto descubrí todos los cimientos de la sala. Tenía dos metros de ancho y ocho metros de largo. Me sonrío a mi mismo. Esto muestra claramente una correspondencia entre los petroglifos y las realidades arqueológicas. De esta forma, las aeronaves también pueden convertirse en una realidad.

Comencé al final del pasillo, que debió haberse vuelto hacia adentro en forma de estrella para encontrar hendiduras para los otros pasillos. No pasa mucho tiempo antes de encontrar el siguiente y el siguiente. Había ocho salas de ballenas que salían del centro y formaban una estrella de ocho puntas aquí en la colina con una buena vista del mar. ¡Es un gran éxito! ¡Encontré sobras claras!

Llevo la costilla de ballena que encontré primero al sitio y la coloco en el hueco. Se desliza hacia abajo y se sostiene solo, junto con los que estaban en los otros huecos, han formado pilares que se curvan ligeramente hacia adentro. Entonces debieron haber estado conectados al centro de alguna manera para dar estructura a la sala, pero está muy claro que las nervaduras se usaron de esta manera. Aquí estaban montados en los recovecos de la roca, pero donde la turba era más profunda, sin duda se podían derribar las nervaduras para que se mantuvieran firmes. Debe haber sido la solución para asentamientos temporales que no se utilizaron una y otra vez.

Tengo la suerte de tener un aumento aquí que podría usarse una y otra vez. Así que tenía sentido dedicar tiempo y energía a crear las hendiduras que luego pude encontrar.

He traído algunos postes de señalización, que ahora estoy instalando en todos los huecos para poder tener una visión general clara de la estructura del asentamiento.

Me sorprende cuando la cultura de las ballenas fue tan buena en dejar nada atrás que luego dejaron ese poste de costilla detrás de ellos. La aguja de hueso desaparece levemente, pero la costilla es visible, entonces, ¿por qué se deja? Fue abandonado en un momento en el que no regresaron. Por supuesto que solo puedo adivinar. Al menos se ha quedado atrás, incluso si hay tan poco más.

Seguiré adelante e investigaré el asentamiento. Se ha limpiado muy bien.

Camino un poco por el asentamiento. Puede haber restos de montones de basura, que son una buena fuente de hallazgo. Si encuentro la basura de la cocina de la gente de las ballenas, podría encontrar un tesoro. Dado que la capa de turba es delgada, debería poder ver si hay alguna acumulación cerca del asentamiento.

Camino alrededor del asentamiento en círculos que sigo expandiendo para cubrir el área tanto como sea posible, pero no puedo encontrar nada. ¿No tenían realmente fertilizante de cocina? Esto no puede ser cierto. Miro el fiordo que había llegado a la colina cuando estaba habitada. Tal vez lo tiraran al mar, entonces se borrarían todos los rastros y sería una ventaja higiénica para ellos si la basura simplemente fuera lavada. Casi tiene que serlo. De modo que el asentamiento se mantuvo limpio y ordenado.

Vuelvo a las hondonadas en lo alto de la colina. Si raspo toda la parte superior de las capas de turba, probablemente tenga la mejor oportunidad de encontrar algo. Hay un poco de trabajo, pero la capa es fina, por lo que no tardaré más en volver a L'Aguila para volverme a dormir.

Me las arreglo para exponer el resto del acantilado debajo de la cima de la colina. También encuentro un par de otros fragmentos de hueso, uno de los cuales podría ser la punta de un arpón, pero son muy pocos. La costilla sigue siendo mi mayor hallazgo.

Me doy cuenta de que no encontraré nada más aquí en la colina, pero ahora estoy bastante feliz. Las depresiones son claros indicios de un asentamiento y no esperaba encontrarlas cuando vine aquí para examinar la roca con los grabados rupestres.

Vuelvo a bordo del L'Aguila, catalogo mis pocos hallazgos y los guardo. Mañana puedo seguir pintando los petroglifos. Encontré lo que pude en la colina.

Al día siguiente regreso a la roca con los petroglifos. Todos los colores de mis cuadros hacen que parezca muy vívido. He recorrido un largo camino, pero todavía hay algo que me puede decir más sobre la cultura de las ballenas del Holoceno y sus secretos.

Espero poder empezar de nuevo. Es una pena que la cámara no funcione. Estoy progresando bien y ahora estoy encontrando lo que parecen ceremonias fúnebres. ¿Qué le han hecho a sus muertos ahora que quedan tan pocos rastros? La respuesta llega rápidamente y se ajusta a mi idea de lo que hicieron con todas las demás sobras.

Llevan a los muertos al mar generoso, que ahora recibe a los muertos como expiación por lo que ha recibido del mar en el transcurso de su vida. Es un ciclo bastante obvio el que se presenta aquí. Lo que el mar ha dado se devuelve.

A partir de otros petroglifos, pronto queda claro que era común, si algo dejaba de usarse, se devolvía al gran mar. Así que hay pocas posibilidades de encontrar basura de la cocina aquí. Le devolviste todo al mar. De modo que solo se puede encontrar lo que se ha perdido o dejado atrás.

Esto hace que sea algo más difícil encontrar restos de la cultura de las ballenas y probablemente también contribuye al hecho de que es arqueológicamente desconocido. Pero el hecho de que una cultura no deje huellas claras y completas no la hace menos real.

Afortunadamente, han tallado huellas en la roca que ahora puedo descubrir. Una cultura de gran movilidad que ha viajado a lo largo del

Océano Ártico en aeronaves y ha cazado el mar y los animales terrestres desde arriba. A partir de estos animales, produjeron todas sus necesidades materiales.

Todo indica que el uso de piedras como herramientas era prácticamente desconocido. Las lámparas de manteca que se encuentran en la cultura posterior de Saqqaq deben ser, por lo tanto, un desarrollo posterior de esta cultura. Posiblemente inspirado en las lámparas de manteca de cerdo en los huesos que alimentaron la cultura de las ballenas.

Me pregunto cuál puede haber sido el trasfondo de la cultura de las ballenas, ya que se ha descuidado casi por completo el uso de la piedra como material cultural que no sea para tallar petroglifos o hendiduras. ¿De dónde venían que no usaban piedras para sus herramientas, solo productos que podían tomar de sus presas? ¿Qué conexión en su pasado cultural pudo haber llevado a esto?

Apenas me entero de eso aquí, pero noto que el mar, como fuente de todos los recursos, es una imagen recurrente. La caza de animales terrestres parece ser secundaria y quizás más nueva. ¿Puede haber una respuesta a eso? ¿El origen de la cultura de las ballenas estuvo aún más vinculado al mar que el de los petroglifos, que debe ser un paso tardío en la cultura antes de su declive hacia las culturas Independencia y Saqqaq?

Se me aplican muchas consideraciones cuando vuelvo a L'Aguila para descansar un poco después de las penurias del día.

Mientras como mi merecida cena, miro la posición en Svalbard que anoté antes. Cuando termine aquí y en casa tratando de encontrar más narrativas posibles, este puede muy bien convertirse en mi próximo destino.

Después de eso, no hubo culturas inuit en Svalbard, por lo que la cultura de las ballenas se extinguirá aquí sin un sucesor antes de que lleguemos a las islas. Esto es práctico, porque está demostrado allí que los hallazgos no pertenecen a ningún estrato cultural posterior, sino que provienen completamente de una cultura que ahora se ha extinguido.

No hay duda de que esta debe ser la próxima parada de mi viaje. Sin embargo, primero tengo que volver a casa para procesar todo lo que traigo de Scoresbyland.

La roca con los petroglifos es un grupo de oro puro y me ha dado una imagen de esta cultura extinta que está tan avanzada y, sin embargo, ha dejado una impresión tan limitada en el mundo.

Es estimulante que haya tan pocos remanentes de culturas pasadas que nuestra visión de la historia está sesgada de muchas maneras porque no vemos a aquellos que no han dejado edificios limpios y nuestra búsqueda se centra en las culturas campesinas residentes. Puede crear un sesgo que nos lleve a no ver culturas que se basan en la caza pero que aún están muy avanzadas ya que la caza era una abundancia, como era el caso del cultivo de ballenas antes de su declive.

Espero investigar más reseñas que puedan proporcionar ideas sobre otras áreas que han sido habitadas por culturas de ballenas cuando llegue a casa. Sin duda, será un trabajo de caballo leer los diarios de las expediciones en busca de pequeñas pistas sobre los petroglifos en las rocas, pero vale la pena hacerse una idea de la difusión de la cultura.

Creo que durante el máximo del Holoceno debió haber podido rodear todo el Océano Ártico y la costa norte de las islas circundantes.

La debilidad de la cultura fue que se volvió dependiente de los mares abiertos y las condiciones climáticas tranquilas por debajo del máximo del Holoceno, de modo que cuando el Ártico se enfrió y fue demasiado rápido para que se adaptaran y las ballenas más difíciles, lo que destruyó la base material de la cultura y las aeronaves. y los materiales con los que fueron construidos han desaparecido.

La cultura se ha vuelto más dependiente de los animales terrestres, como se puede ver en las culturas de independencia. Los descendientes de la cultura de las ballenas se han convertido así en la cultura Dorset y la cultura Tunit a través de las culturas de la Independencia y la cultura Saqqaq. La falta de recursos previamente ricos en huesos de ballena llevó al uso de piedras para lámparas de manteca y otras herramientas.

La cultura de las ballenas floreció en el Ártico durante un período rico entre la última Edad de Hielo y el período más frío que siguió al máximo del Holoceno en tiempos históricos. Es una historia que invita a la reflexión sobre la importancia de las condiciones climáticas para la existencia de una cultura que invita a la reflexión. Para la cultura de las ballenas, las gratificantes manos del mar se cerraron con devastadoras consecuencias.

El tiempo a bordo del L'Aguila me permite procesar todas estas impresiones, pero definitivamente tengo que dormir, aunque el sol también brilla en el norte.

Después de un merecido sueño, volveré a bajar a tierra. Poco a poco, no hay muchos petroglifos que no haya pintado y siento que he construido una imagen de una cultura increíble que vivió aquí hace tanto tiempo. Echo un vistazo a su mundo pasado, pero todavía hay muchas cosas ocultas en la niebla del tiempo. En particular, tenía curiosidad por saber de dónde podría haber venido esta cultura antes de que llegara a Scoresbyland aquí en Groenlandia.

Mis viajes posteriores tienen tanta sustancia que espero despejar otros lugares que han sido habitados por esta cultura tan dependiente de los gigantes del mar.

Empiezo a pintar los petroglifos en las rocas restantes. Tal vez tenga la suerte de encontrar tallas que puedan indicar el final de esta cultura. Ahora que han tallado la historia de su vida en la roca, es posible que también hayan tallado la historia de su muerte para la posteridad.

Sin embargo, al principio estoy decepcionado. Todo lo que encuentro son múltiples reproducciones de víctimas en el mar y cazando presas.

Pero, ¿cómo encuentro reproducido su declive y su desaparición? ¿Cómo lo mostrarían en imágenes en el acantilado? ¡No lo sé por supuesto! Solo encuentro lo que ya encontré. Vuelven los petroglifos. Es bueno conocer las imágenes, pero esperaba encontrar algo nuevo.

Me siento bajo el acantilado y miro la superficie pintada. He recorrido un largo camino. Ahora queda menos de una décima parte. Pronto será el momento de partir.

Me pone un poco triste. Es un lugar hermoso, pero no quiero estar aquí cuando el invierno cierre su dominio helado aquí. El agarre helado que puso fin a la cultura de las ballenas cuando terminó el clima cálido.

Me levanto y tomo el rifle por encima del hombro para dar un paseo por la zona. A veces es mejor simplemente correr para despejar la mente.

El sol brilla en los valles de los ríos cubiertos de hierba donde los pájaros vuelan y atrapan insectos en el aire. El Ártico en agosto puede ser un mosquito puro y un infierno de moscas, pero también una mina de oro para los pájaros que disfrutan de este manjar. Todo tiene que ir rápido en el corto verano que es rico y gratificante hasta que vuelve a ponerse el sol.

Incluso en tiempos de cultivo de ballenas, el sol desaparecía en los meses de invierno. Tuvieron que pasar por esto a pesar de que el clima era más cálido. ¿Cómo sobrevivieron a la temporada oscura cuando el sol les falló y tuvieron dificultades para ver a sus presas desde las aeronaves? ¿Tenían suministros de verano para atravesar la oscuridad? ¿O ha estado buscando el sur, donde el día apenas ha traído luz a la oscuridad? Cuando estaban en Svalbard rara vez lo hacían, pero aquí en Groenlandia podían viajar al sur.

No encontré ningún petroglifo que me diera una respuesta a esta pregunta. Y sin embargo, es una pregunta importante. ¿Cómo lograron atravesar la oscuridad?

Los cultivos posteriores capturaron del hielo marino, pero no fue fácil en los climas más cálidos del cultivo de ballenas, donde no era estable con el hielo marino.

He encontrado aquí una importante pregunta complementaria a la que razonablemente puedo buscar una respuesta. Incluso por debajo del máximo del Holoceno, el invierno aquí arriba habrá sido duro y largo. ¿Cómo lo hiciste?

Siguen apareciendo nuevas preguntas. ¡Ese es el caso de la arqueología! Cada ceremonia de inauguración revela nuevos secretos que requieren una respuesta.

Puede que vea algo nuevo cuando miro de nuevo los petroglifos. Quizás solo lo veo cuando reviso los dibujos en casa. Siempre hay nuevas preguntas y respuestas esperando.

A lo lejos veo el buey almizclero deambulando. Sobrevivieron a la Edad del Hielo y al Máximo del Holoceno hasta el día de hoy. Tanto mejor que los otros gigantes de la Edad del Hielo que desaparecieron con el hielo cuando la cultura de las ballenas avanzó por el Ártico.

Ahora que la cultura de las ballenas dependía tanto de las ballenas para el mantenimiento de su cultura, podría ser obvio que siguieron a las ballenas hacia el norte mientras el hielo retrocedía. Quizás simplemente siguieron donde su presa era más abundante hasta llegar a la cima del mundo, donde luego fueron sorprendidos por el regreso del hielo y la larga noche ártica fue demasiado larga.

No es inconcebible que el cultivo de ballenas llegó con las ballenas del sur, cuando el hielo de la Edad de Hielo se retiró y el cultivo de ballenas simplemente siguió su ejemplo.

Puede que tenga sentido. Me sorprendió que la cultura no fuera necesariamente adecuada para la larga noche ártica, ya que cazar desde sus aeronaves en la oscuridad era casi imposible. Tuvieron que reunir grandes suministros para el invierno.

Su falta de cultura de la piedra también sugiere una falta de conocimiento sobre el uso de los recursos de la tierra. Fue solo con la desaparición de su cultura basada en las ballenas que comenzaron a usar piedras en las culturas de la independencia, las culturas saqqaq y las culturas de Dorset. La tendencia hacia el uso de los recursos terrestres está aumentando a medida que el regreso de la plataforma de hielo ha hecho que la caza de ballenas para aeronaves sea difícil y, en última instancia, imposible.

Pero eso vuelve a plantear la cuestión urgente; ¿De dónde viene la cultura de las ballenas?

Si persiguieron a las ballenas por el borde del hielo antes del máximo del Holoceno, es posible que hayan seguido el borde del hielo hacia el norte mientras se retiraba y, finalmente, cuando el hielo se retiró por completo, aterrizaron en las islas árticas y están persiguiendo. ellos de allí su captura. Aquí comenzaron a utilizar los acantilados existentes para contar su historia en piedra. Lo primero para lo que usaron piedras.

El hecho de que hayan vivido en el hielo durante la Edad de Hielo también podría explicar por qué hicieron agujeros en la roca para sus edificios. Sobre hielo, instalaron sus salas de ballenas en huecos en el hielo y desde que bajaron a tierra han hecho lo mismo en turba y roca, que era más permanente pero también más difícil de hacer. Sin embargo, siempre podían regresar al asentamiento mientras seguían a las ballenas.

Me siento y miro hacia el mar, donde los icebergs y el hielo flotante flotan perezosamente. Realmente puedo estar lidiando con una cultura náutica aquí que se ha ido a tierra porque el hielo en el que vivieron durante la Edad de Hielo se ha derretido bajo sus pies. La idea es fantástica, pero en todo lo que encuentro sobre el cultivo de ballenas, está claro que los animales terrestres fueron algo nuevo e incidental, mientras que los animales marinos, y especialmente las ballenas, fueron el factor determinante.

Desafortunadamente, también significa que será muy difícil seguir esta cultura y encontrar más evidencia, ya que la mayor parte ha desaparecido en el mar. Solo aquí arriba, donde finalmente fueron obligados a desembarcar bajo el calor del máximo del Holoceno, dejaron huellas talladas en la roca. O con suerte, donde su vida estaba en contacto con la tierra a lo largo del borde del hielo.

Tengo que trabajar en eso. Tengo que encontrar rastros de él en historias sobre las islas árticas y lo que pudo haber sido a lo largo de las costas donde llegó el hielo durante la edad de hielo. De esta manera puedo rastrear los orígenes de la cultura de las ballenas aún más atrás en la oscuridad de la Edad del Hielo.

Parece concebible que el cultivo de ballenas se originó a lo largo del borde del hielo de los océanos de la Edad de Hielo, donde el invierno era menos oscuro y la caza de aeronaves era posible durante todo el año y desde que el hielo se retiró al final de la Edad de Hielo, el cultivo de ballenas se ha unido al hielo. y siguió a las ballenas hacia el norte.

Esta idea tiene sentido para mí y también explica la renuncia total al uso de los recursos de la tierra. Si el cultivo de ballenas pasó toda la Edad de Hielo en el hielo marino, entonces tiene sentido que todas sus técnicas se basen en los recursos que pudieron extraer de sus presas marinas.

Mi corazón se llena de una curiosidad cada vez mayor. Me queda más claro que he encontrado la primera pieza de un capítulo completamente nuevo y desconocido de la historia cultural humana.

Una cultura tan radicalmente diferente y basada más en el mar que en la tierra. Puede llevar la historia cultural humana muy atrás en el pasado y mostrar que la cultura fue posible de una manera fundamentalmente diferente de las culturas agrícolas a las que estamos acostumbrados desde la arqueología.

Un desarrollo de la cultura cinegética, que debido a la riqueza de la base cinegética podría ser mucho más rica y desarrollada que las culturas cinegéticas en tierra. Con sus aeronaves, la cultura de las ballenas ha logrado gobernar todo el mar a lo largo de los bordes del hielo.

Es especial recordar que su presencia aquí en el Ártico, que parece tan confirmada por sus petroglifos, fue un declive en el que tuvieron que seguir el hielo y las ballenas a medida que avanzaban hacia el norte y cuando el hielo finalmente se recuperó, fue la desaparición. de la cultura, ya que en ese momento desembarcaron y su cultura basada en ballenas no pudo adaptarse tanto al hielo como a la oscuridad.

Los espíritus de la tormenta, después de los petroglifos, obligaron a la cultura de las ballenas a convertirse en una cultura de la tierra y las focas, como finalmente sabemos por la cultura Dorset y sus tecnologías, que se adaptó a la piedra mientras que las lámparas de manteca se convirtieron en piedra. Pero lo que antes dependía de muchas ballenas ha desaparecido. Sus grandes tiendas rodantes se convirtieron así en chozas de turba.

De esta manera, una cultura adecuada para el hielo y las condiciones más ligeras se atraerá hacia el norte con el hielo, pero cuando el hielo regresó, no pudieron hacer frente tanto al frío como a la oscuridad invernal. La cultura de las ballenas simplemente no pudo mantenerse al día con el borde del hielo en el sur, pero quedó atrapada en las profundidades del hielo y se transformó en una cultura terrestre y costera.

Muestra cuán dependiente es una cultura del paisaje y las condiciones climáticas específicas en las que se basa. Cuando estas condiciones desaparecen, los elementos culturales también desaparecen.

Las culturas más famosas para la posteridad serán entonces aquellas que dejen más huellas en el paisaje tal y como lo conocemos de las culturas mediterráneas, mientras que una cultura como la de las ballenas es engullida por el mar sobre el que se construyó con tanta fuerza.

Después de caminar por el hermoso paisaje y dejar que mis pensamientos fluyan libremente, regreso al acantilado donde la cultura de las ballenas finalmente ha dejado huellas para la posteridad.

Llevo tanto tiempo en la carretera que es hora de volver a L'Aguila y volver a dormirme, pero mañana me prepararé. Todo superó con creces mis expectativas, encontré más de lo que soñaba y puedo esperar mucho trabajo. En el futuro, mis viajes me llevarán aún más atrás en mi búsqueda del pasado de la cultura de las ballenas para poder encontrar sus orígenes en el mundo antiguo.

Después de dormir y comer a bordo de L'Aguila, vuelvo al acantilado, que brilla intensamente. Según los pensamientos de ayer, hay varios petroglifos que solían ser misteriosos y que ahora aparecen ante mí bajo una luz diferente.

Sobre todo, ahora veo claramente el borde, que debe indicar el borde del hielo, donde vivían originalmente los balleneros y cómo finalmente fueron obligados a desembarcar. ¡Todo el calentamiento que ha traído al Ártico puede interpretarse como una recesión! ¡Fueron forzados al norte y a tierra!

Subo rápidamente y encuentro petroglifos que muestran el problema de las aeronaves al comienzo de la larga noche ártica y cómo se desmantelaron los depósitos en verano para sobrevivir a la larga noche y al miedo a que el sol desapareciera.

Hay muchas cosas que se me están volviendo cada vez más claras ahora que he visto tanto. Fue terrible para estas personas verse obligadas a desembarcar y al final socavó su cultura el hecho de que tuvieran que adaptarse a la tierra. Ya he terminado. Todo está pintado e hice dibujos de todos los petroglifos.

Doy un paso atrás y admiro la ahora colorida roca que me ha atraído durante milenios.

Es la ironía del destino que si el cultivo de ballenas no hubiera sido obligado a desembarcar y comenzado a hacer petroglifos, no podría haber encontrado ningún rastro de él. Lo que se convirtió en su ruina fue también lo que dejó para la posteridad. De lo contrario, ¡el mar lo habría borrado todo!

Admiro mi trabajo y todos los petroglifos bellamente cincelados que ahora aparecen claramente pintados en las rocas. Cuentan la historia de una cultura previamente desconocida que ahora ha emergido de la oscuridad de la fatalidad y muestra un origen mucho más antiguo y más profundo de las culturas árticas que ahora se puede explorar y contar.

Será un placer para mí ser quien pueda colocar las primeras y, con suerte, más piedras en esta historia, para poder viajar aún más atrás en sus tiempos prehistóricos con la cultura de las ballenas al área de donde vinieron y escribí un capítulo completamente nuevo en la historia cultural humana.

Aquí encontré vestigios de una cultura marina que vivía de los recursos extraídos del mar y así alcanzaba un nivel técnico asombrosamente alto. La siguiente otra cultura que sabemos que estaba tan orientada al mar es la cultura austronesia, que se extendió por las muchas islas de la Polinesia, pero obsesionaron las islas. La cultura de las ballenas parece haberse orientado sobre el hielo y solo llegó a tierra cuando el hielo se volvió raro. Esto lo hace único en relación con otras culturas donde el mar es una forma de vida o de viaje, pero siempre tira a tierra para refugiarse de las inclemencias del tiempo. Pero con el hielo tienes una especie de suelo sólido bajo tus pies.

Ahora no tengo más remedio que hacer las maletas y volver a subir todo mi trabajo a bordo del L'Aguila. He trabajado mucho aquí, pero tengo un trabajo aún mayor por delante para obtener una descripción general de todo lo que he hecho y prepararme para mi próximo viaje a Svalbard para investigar las historias que he encontrado sobre rocas con petroglifos. Podría darme una idea de dónde vino la cultura de las ballenas y todos sus secretos antes de que llegara a la costa este de Groenlandia.

Cuando vuelva a L'Aguila, empacaré todo y me prepararé para levar anclas. Hay una agradable brisa marina que puedo utilizar para zarpar y salir del fiordo y volver a casa. Entonces también ahorro algo de potencia del motor. Hay algo especial en montar el viento.

Al salir del fiordo, miro hacia la costa y hacia el acantilado donde probablemente pueda ver mi trabajo de pintura. Esta roca es la última de la cultura de las ballenas, pero la primera en mis viajes vuelve a esta cultura única y olvidada que es el origen de las culturas árticas posteriores, pero que ha sido olvidada porque ha dejado tan poco impacto y sus restos han sido devorados. por el mar del que tanto dependía la cultura.

Fuera del fiordo cojo el viento y me dirijo hacia el sur. De camino a casa haré paradas en Scoresbysund y Reykjavik antes de llegar a casa en Sevilla.

Desde aquí puedo empezar a trabajar en mis próximos viajes y mi trabajo sobre la cultura de las ballenas y sus posibles orígenes.

Por estribor, la costa de Groenlandia, con todos sus secretos ocultos, se desliza tranquilamente. ¿Qué se puede esconder todavía aquí entre las montañas del olvido? ¿Podría haber más rocas como la que acabo de pintar? Estudios posteriores podrían aclarar esto, arrancando el paisaje de sus secretos y contando la arqueología de tiempos olvidados que esperan ser descubiertos.